L'HOMMAGE

DE L'ENFANCE,

ADRESSÉ

AU ROI ET A LA REINE,

Par CHARLOTTE-ELÉONORE NOUGARET,
âgée de six ans.

AVERTISSEMENT.

LA satisfaction & la reconnaissance des personnes d'un âge mûr ont assez éclaté ; qu'il soit permis aux Enfans de mêler leur faible voix à celle de toute la France. Outre que l'amour de la Patrie est un sentiment qu'on éprouve à tout âge, il est bien naturel que les Enfans célèbrent le NOUVEAU RÈGNE : destinés, encore plus que nous, à recueillir le fruit des vertus de nos jeunes Maîtres, ils jouïront de tout l'éclat des beaux jours dont nous admirons les premiers instans. S'il n'était aussi flatteur qu'il l'est actuellement d'avoir toute sa raison, afin de mieux sentir les bontés de notre Roi, peut-être devrions-nous désirer de rentrer dans l'Enfance , pour être plus sûrs de nous voir les heureux témoins des merveilles qu'il opérera dans sa vieilleſſe.

L'HOMMAGE

DE L'ENFANCE.

J'ENTENDS toujours parler à la maifon,
D'un nouveau Prince & d'une belle Reine.
On eft content; je le conçois fans peine,
Quoiqu'un peu loin de l'âge de raifon.
Prêtons l'oreille, écoutons en Finette
Tous les propos de Papa, de Maman:
« Que c'eft bien dit, JOYEUX AVÉNEMENT !
» Avec tranfport la France le répète.
» Ce jeune Roi, ce nouveau Salomon,
» Par des bienfaits nous fait chérir fon nom.
» Aimons auffi fon augufte Compagne,
» L'Humanité fans ceffe l'accompagne ;
» Notre bonheur eft l'objet de fes vœux.
» Mais nos beaux jours ne font qu'à leur aurore ;
» De nouveaux dons nous rendront plus heureux :

» En nous comblant de fes foins généreux,
» LOUIS promet bien davantage encore».....

QUEL changement vient de fe faire en moi !...
O ciel ! d'où naît le tranfport qui m'agite?....
Mon jeune cœur & fe trouble & palpite......
N'en doutons pas , j'adore auffi mon Roi,
Et fon Epoufe, en tout temps fi chérie.
Dieu ! que j'éprouve un doux raviffement !
Noble tranfport!.... Mon premier fentiment
Eft pour mon Roi, Père de la Patrie.

JE veux aimer, avec tous les Français,
Le Couple Augufte, objet d'un tendre hommage;
Quand fur le Peuple il verfe fes bienfaits,
D'un Dieu puiffant il eft, dit-on , l'image.
Chacun répète, en ces heureux momens :
« Oui, pour toujours fon humanité brille ;
» Il nous chérit, nous fommes fes enfans;
» Il foutiendra fa nombreufe famille:
» Nous bénirons fes bontés & fes loix ».
Ainfi l'on parle, & je dis en moi-même :
Comment caufer tant de biens à la fois?
A la maifon nous ne fommes que trois,
Et de Papa que la peine eft extrême !
«Mais d'un grand Roi la puiffance fuprême

» Suffit à tout lorfqu'il fuit la vertu ;
» Et de LOUIS c'eft la fage maxime »,
(Nous dit un livre, & qu'avec foin j'ai lu).
Qu'on applaudiffe à l'amour qui m'anime
Pour ce bon Prince, appui de fes Sujets ;
De lui mon âme eft fans ceffe occupée :
Pour ne fonger qu'à fes rares bienfaits,
J'ai dédaigné jufques à ma poupée.
Que je voudrais le voir & lui parler !
Vœux fuperflus ! mon efpérançe eft vaine.
Il me ferait poffible de voler
Baifer la main de notre belle Reine,
Si d'une Fée on obtenait les dons :
On la dit douce, affable & bonne, bonne,
Comme Maman dans l'inftant qu'elle donne
Une poupée ou bien quelques bonbons.

JE vais prouver, & je me plais à croire
Qu'on doit fourire à mes propos naïfs.
On s'abandonne aux tranfports les plus vifs,
Du nouveau Règne on célèbre la gloire,
On ne voit plus de cœurs indifférens ;
Tout retentit du mot RECONNAISSANCE ;
Et les Enfans garderaient le filence !
Ils font Français ainfi que leurs Parens.

Auguste Couple, efpoir de notre France,
Vous daignerez agréer dans ce jour
Les tendres vœux de la timide Enfance;
Vous daignerez fourire à fon amour.
J'ôfe à vos pieds apporter notre hommage,
Simple, fans art, & par le cœur dicté;
Il paraîtra dans la Poftérité
De vos vertus le plus fûr témoignage:
Il eft un temps, il eft un heureux âge,
Où l'on ignore & le mal & le bien,
Où du menfonge on méconnaît l'ufage,
Même à la Cour: ce bel âge eft le mien.

Signé, Lolotte.

Lu & approuvé, ce 28 Septembre 1774. Crébillon.
Vu l'Approbation, permis d'imprimer, ce premier
Octobre 1774. LE NOIR.

www.ingramcontent.com/pod-product-compliance
Lightning Source LLC
Chambersburg PA
CBHW061527170626
46811CB00004B/1872